島影（しまかげ）

中田敬二

訳詩
Ada Donati "Ikebana" より
英訳
James Koetting

思潮社

目次

書き継がれ、壊され、また書き継がれてゆく四行詩
　片言（かたこと）集 6

書き継がれ、壊され、また書き継がれてゆく中編詩
　テングザル　と　空 ―ボルネオ紀行 18

短詩篇
　ゴミを盗んだ夢 38
　着古した一枚のシャツがのこされた 40
　あんふぁん　てりぶる　英訳 43
　エコロジストの一日　英訳 50
　尼寺へ行キヤレ！ 54
　夢のユメ　英訳 56
　テンノーノコト 64
　わたしの年譜（略）　英訳 68
　島影（しまかげ）Ⅰ　英訳 72
　島影（しまかげ）Ⅱ　英訳 80
　島影（しまかげ）Ⅲ ―キタマエブネナ日々　英訳 86
　ホタル　英訳 102
　飢えよ！　アメツチと 108
　わたしのハカ 110
　わが逃走　英訳 112
　窓ノアル家 118
　シは？　シと　―詩は死と 121

訳詩
　　島　英訳 126
　　影　英訳 130
　　影と影　英訳 134
　　からっぽの巣 138

あとがき 141

書き継がれ、壊され、また書き継がれてゆく四行詩

片言（かたこと）集

324

フシギ　だなア
月　地球　火星
殺し合い　してる
生きものたち

325

ネムイ　なア
時計が止まってる
バカ　だなア
おれ　イキをしてる

326

地べたにねそべり
雲を追い
虹に見惚れて
百年

327

クニって　ヤだなア
大地を切り裂き
旗を立て
戦車を並べ

３２８

詩人って　ヤだなア
そのブルーな好色
そのリエゾンな陶酔
そのモダンな孤高

３２９

テレビも　ヤだなア
たらふく食って　飲んで
でかいかおしてる
おれ　おれ　おれ

３３０

ヒャー！　と叫ぶ
ヘエーッ⁈　とどよめく
わらう　わらう　笑う電波
笑わせるコピー

３３１

ヤなことはよせ
モモの小枝と酒をくむ
サカナはまっくろな空
死んだ月

３３２

イタリヤからメールあり
そうよ　この宇宙

混沌そのもの　ジョイスなら
カオスモス　と

３３３

『国境の町』という唄がはやったのは
いつだったか
あれ以来ずっと
あの町に住んでいる

３３４

サクラが咲いたという
サクラがきれいだという
サクラを見にこいという
サクラは散ってしまったという

３３５

ひさしぶりに窓をあけた
生きる　とは
ホコリまみれになること
と

３３６

うたいてはおんちだった
かたりべはどもりだった
つぶやくことにした
こえをひそめ

３３７

あいしたことがない
あいされたおぼえは？　ある
じかんぎれ　が
おもしろい

３３８

胡蝶ランのつぼみが倒れ
おれの脚が血を噴いた
羽化する寸前
きりきりと傷口が痛んだ

３３９

光が影であるとき
生が死であるとき
とおくで声がする
空に溶け

３４０

時空は一体なのだから
時間は空間なのだから
空間さえあればいい
時間に追いこされ

３４１

わたしはわたしの影である
わたしはわたしに汚染されている

わたしを救済しなければならない
わたしから

３４２

じかんぎれ　が
おもしろい？
どころか
ぞっとするこのさむさ

３４３

くさるものはくさらせろ
くらやみにほうりこめ
なまぐささがきえ
ほら　いいかおり

３４４

月を背に
風に追われ　浅瀬に打ち上げられ
アハレ　くじら死す
ながーい　ながい夜

３４５

地上からヒトの影が消え去り
霊長類は
絶滅の危機を脱するだろう
アフリカでゴリラが殖えている

346

ユメデ
コドモヲツキトバシタ
ドウシヨウカ　ドウシヨウカ
コドモタチガキエタ

347

シロイ　クロイ　キイロイ
イタイ　カユイ　ヒゲガノビル
ケガヌケル　カサブタ　ノ
ヒトリゴト　ヒフ　ノ　ハナシ

348

なるようになれ　ではない
なるようになる　でも
なるようにしかならない　でもない
それいぜんがくちをとざしている

349

真夜中
下水道をおおう雑草の
闇にひそむ蝶の
翅しろく

350

ヒトは男と女である
とわかるわかりかたが

とげとげしい
キケンだ

351

ヒトは生と死である
とわかるわかりかたが
ここちよい
ナグサメだ

352

ヒトがこいしい
ヒトリがさみしい
ヒトがヒトとしゃべってる
ヒトリがたのしい

353

やたら夢を見る
でたらめな夢のしくみを
おしえてくれ
おしえてくれ

354

やたら敬語をつかいたがる
日本人のしくみを
おしえてくれ
おしえてくれ

３５５

生きててたのしい？
たのしいさ
たのしくないって言ったろ？
たのしくないけどたのしいさ

３５６

夜道を行く
自爆テロリストの若者と
特攻隊の兵士と
とおい空

３５７

カイゴって　ヤだなア
介護されるおれ
悔悟するおれ
カイゴ疲れは執行猶予

３５８

滝をかけのぼるカラフトマス
流れにおどりかかるヒグマ
ブンカジンのまねやめた
えせヤバンジンねむれ

３５９

北国こいし
ショーチュー飲んで

ラーメン食って
シベリウス

360

ハラガタツ
ハラハラスル
ハラヲククレ
ハラハチブンメ

361

冬の夜寒に
はればれと
死んでみようか
ハルノブと

362

生老病死
地水火風
なにかが欠けてる
ネ　なんだろ？

363

〈温室効果ガス〉がうるさい
焼いて　空にもどせ
ミカンの皮　自動車も
ヒト　と

３６４

タバコ　やめるか
戦争　やめるか
きめてくれ
いま　アブラハムたちよ

３６５

テレビを買い替えろ
クルマも買い替えろ
きれいにしずかに
文明の末路

３６６

天皇をたたえる
エグザイルのうた
「太陽の国」の
受難の家系

３６７

ハネがない　キバがない
シッポがない　パンツをはいて
ヨコハマ女子マラソン
ふしぎなイキモノたち

３６８

孤独　であるのは
孤独　でないからだ

孤独　をたのしもう
孤独　であるために

369

雲に乗った
星にささやいた
月で眠った
パスポートを捨てた

370

ほら
夢を見なくなった
足が軽い
うれしい夜がくる

371

朝　年の瀬を行く
とおい青に葉を落し
樹々が茫然と立ちつくしている
天にのぼってみた

　　［ノート］
　　ジョイス：　James Joyce.

書き継がれ、壊され、また書き継がれてゆく中編詩

テングザル と 空 　　―ボルネオ紀行

空のうつろに生きよ！　と　吼えた

だれもテングザルのゆくえを知らない

キナバタンガン河はしゃべらない

　　　　アフリカの砂漠からやってきた
　　　　　　　　　　侵入者のわがものがお

　　アブラヤシの大集団が見えかくれする

　　　　　　島が見えない
　　　　　　　　　　海のかけらは見える

　　空のうつろに住んだ

夜郎自大め！

　　マングローブの森で

　　　　　しょっちゅう体をかきむしり

　　千年を生き
　　　　サルの人生はなんぎだ　と
　　　　　　　　　　　　つくづくおもう

　　　　むかしむかしクラマ山で
　　　　　　　ウシワカマルに宙がえりをおしえてやった

　　京の都がなつかしい

ヒマツブシめ！

　　灰色の膝を折り
　　　　　枝から枝にしがみつき

　　この大地は消滅する
　　　　　　　とつぶやく

おお
かゆいそら
　　　　　　か
　　　　　　ゆい
　　　　　ゆかか
　　　　い　　ゆ
　　　　　かい　い
　　　　　かゆかゆ
　　　　ゆゆいゆ
　　　い　いいかい
　　　　　　　ゆ　か
　　　　　　い　ゆい
　　　　　　　か
　　　　　　　　ゆい
　　　　　　　　かゆいだいち

19

そりかえり
　　　　　　ふくれあがり
　　　　　　　　　　ころげまわる

うつろ
　　　カラッポ　空虚　虚無　無

うつろ
　　　ほらあな　ホコラ　洞窟　あなぐら　がらんどう

うつろ
　　　ぼんやり　ふらふら　ボーッと　ボケーッと

　　　　　とおく
　　　　　　　　ちかく
　　　　　　　　　　　かゆいコッチ
　　　　　　　　　　　　　　　　かゆいアッチ
　　　　　　　　　　　　　　　　　　　かゆいアチコチ

　　　空の
　　　　　　かゆいアソコ　で
　　　　　　　　　　　生きる
　　　　　　　　　　　　　　たのしさは
　　　　　　　　　　　　　　　　　　　いま

天下一の踊り手はだれか！　と　吼えた

首刈りダンスを見にゆく

太鼓のひびきが密林にこだまする

　　　ラフレシアは赤橙色の大女だ

　　　―わたしはクサイか？　と彼女が言う
　　　―いいかおりだ　とおれは答える

さあ　バッカスの狂宴　　おれは底なしの大酒呑みだ

　　　ウツボカズラが大口あけてわらってる

　　　―毒グモがうまい　と彼女が言う
　　　―蔦の葉をゆらゆら揺すれ　とおれは答える

ドラが鳴る

　　　インドからシヴァ神もやってきて

　　　　　鈴を踏み鳴らし
　　　　　　　　　　腰をくねらせて踊る

見よ！
　　　首刈り族の蛮刀が閃き―

ラフレシアと地に伏した

　　　ケッコンしよう　とラフレシアがささやく
　　　　　　　　　　　　　　　（と　おれはおもった）

　　　おれはアブラヤシの葉をウチワにして
　　　　　　　　　　　　　　　　　風をつくり

　　　ラフレシアと天に翔けのぼり

　　　　　　　　　　　　獅子舞を舞った

　見よ！
　　　首刈り族が生首をかかげ—

　　　ウツボカズラとガジュマルの根にぶらさがった

　　　ケッコンしよう　とウツボカズラがささやく
　　　　　　　　　　　　　　　（と　おれはおもった）

　　　おれはアブラヤシの葉をウチワにして
　　　　　　　　　　　　　　　　　風をつくり

　　　ウツボカズラと天に翔けのぼり

　　　　　　　　　　　　獅子舞を舞った

　　　ネックレスらんがゆらゆら揺れ

　　　　　　　　闇に浮かびあがるシルエット

　見よ！
　　　天下一の踊り手

　　　　　極光をまとうこのおれ

　　　　アマノガワをわたるホタルたちのまたたき

　　　ここは
　　　　　"LAND BELOW THE WIND"

　　バンブーダンスたけなわのころあい

　　　　　　　　　風が暗雲を吹き寄せ
　　　　　　　　　　　　　うなりごえをあげ

おれのハーレムに近づくな！　ニンゲンどもよ

　　　空のうつろと交わるこのおれ

　　　　狂乱の矢ぶすま
　　　　　　　　　大地を突き刺す雨あらし

　　　吹け！　あらしよ　吹き荒れよ!!

　　　たたかう不戦論者
　　　　　　　おれ
　　　　　　　　　白いサルでもヒトサライでもない

　　へっぴりごしの無法者
　　　　　　死をもおそれぬ臆病者

すじがね入りのやぶにらみ

　　　　　　　　　宙をかけめぐる雷鳴

　　　　　　　　　　てつかずのニホン国憲法第９条

おれのイキギモをねらうくろい影たち

このでかい胃袋を見よ！　と　吼えた

　　　　ポンポンの青い実はうまい

　　　　　毒入りの種がうまい　うまい
　　　　　　　　　　　　ちからがわいてくる

　　　アマノイワヤト押し開き
おれは朝を迎え入れた
　　　　　　鳥たちもかえってきた

キナバル山の影が浮かびあがり

　　　ちぎれとぶ暗黒物質
　　　　　　　　　　ポンポンの葉をむさぼり食う

　　　　　　おれの胃袋はそりかえる青い空
　　　　　　　　　　　　　　　膨張する宇宙

はらいっぱいになったら
　　　　　　ポーリン温泉で露天風呂につかる

　　　　崖っぷちにへばりつく
　　　　　　　　　　みにくいヤモリのうで

　　　　せせらぎにうかぶ
　　　　　　　　よごれたヤモリのはら

　　　　　　　とおく
　　　　　　　　　アブラヤシをぬい

　　　　　　　　　　　　えんえんとつらなる「死の行進」

ポーリン温泉からニホン軍を追いはらえ！

サンダカン八番娼館の女たちをてあつく弔え！

　　　　　　　　　　捕虜たちは黙々と歩きつづけ

タカチホノミネ天に溶け
　　　　　　　サルタヒコのゆくえ知れず

　　　　　おれの胃袋は宙に浮かぶコンプレックス

　　　　　　　　錯綜した積乱雲の陶酔

　　　　食うわ食うわ
　　　　　　　空が食う

　　　　　　　　　　　　とぶ雲をわしづかみ

　　　　　　　　　　　　　　　ながれる潮をがぶ飲み

　　　　　昼夜を分たず食いあさる

　　　　　　　　　　　　　ガルガンチュアもかたなし

　　　腹のつきでた流れ星
　　　　　　　　は

　　　　　　　このよのゆがみ

　　　　　ゆがんだ空のへりにねそべり

　　　　　　　　　　　無限
　　　　　　　　　　　　をのぞきこむ

　　　　　　　　　　　　　　　このうれしさ

連帯せよ　サルよ！　と　吼えた

　　　ああ腰が痛い
　　　　　　　　いたい

　　　　いちんちじゅう
　　　　　　　　　おれは森をさがしてる

　　　　　忘れられた雲のながれ
　　　　　　　　　　森は空のかけらだ

　　　　　忘れられた波のざわめき
　　　　　　　　　　森は海のかけらだ

　　　　　　忘れられた落日
　　　　　　　　　と

　　　　　忘れられた星たち

　　　　　　　　　　　　　おお
　　　　　　　　　　墜ちてゆくおれの白いしっぽ

　　　闇にねむる島よ

　　　　　忘れ　忘れられた
　　　　　　　　　腰痛のテングよ

　　　　いたい

　　　　　わすれちまったきのう

　　　　　いた　　　た
　　　たいたい　　　た
　　　いたいた　　い
　　　　たいた　　い
　　　い　たいた
　　　た　　いたいた
　　　　　　たたいたい
　　　たい　いたいたいたいたいた
　　　　　　　　いたい
　　　　　　　　　たいたたたた
　　　　　　　　　　　　　　た

　　　　　　わすれられたきょう

島はどこだ？

　　　　　森をつつむ
　　　　　　　　はるかな空をさがせ！

　　　　　森を浮かべる
　　　　　　　　とおい海をさがせ！

真実を示そう

　　島は
　　　　消えてゆくミドリの回廊

　　　　　　地をおおう
　　　　　　　　　プランテーションの強欲

　　　　　　　アブラヤシの収奪に身をまかせ

　　島は
　　　　虚空をただようエセ楽園

　　　　飼育された
　　　　　　　　ホモ・サピエンスの走狗

　　　　　　　　　　　オランウータン王朝の幻影をふりまく

連帯せよ　サルよ！

　　　森を失い
　　　　　　ゆくえを失った風たちの寂寥

連帯せよ　島よ！
　　　　　　　　　マダガスカルたち
　　　　　　　　　　　　　　サルデーニャ　も

　　　森を失い
　　　　　　ことばを失った波たちの無言

おれたちサルたち
　　　　　　ワオキツネザル
　　　　　　　　　　　カニクイザル
　　　　　　　　　　　　　　　　　シファカ
　　　　　　　　　ゴリラ
　　　テナガザル
　　　　　　　　チンパンジー？

　　　　　　　　　　なによりもニホンザル

　　　　　　　　　サルトビサスケ
　　　　　　　　　　　　　　　　と
　　　　　　　　　　　　　　　　　　ソンゴクウ　も

暮れつきたスールー海と

おお　ちぎれとぶ宇宙よ！　と　吼えた

　　　　　　　　　まっくらなホコラ
　　　　　　　　　　　　　　ねむるおれ

　　　　　　　　　　　　そらへのあこがれをかくさない

おれ　かゆいしっぽ

　　　　　　眼に見えない　ちいちゃなちいちゃなヒモ

　　大爆発をくりかえすブラックホール

　宇宙をおおうビッグバン
　　　　　　　暗黒物質そのもの

おれ　いたいしっぽ

宇宙からきた

　　　　　　地下１．０００メートルにひそむ素粒子ニュートリノ

　　　　１６万年まえ　マゼラン星雲で生まれた
　　　　　　　　　　　　　　　とおい大地

あやうい宇宙の腹にへばりつき

　　　　ずっとかくれて生きてきたナガレモノ
　　　　　　　　　　　　　　ねむいおれ

　　　　　　ねむい　ああねむいねむい
　　　　　　　　　　　　　　ああねむいねむいねむいおれ

　　　　　　１１次元の宇宙にねむる
　　　　　　　　　　　　ねむりこける

空とあそぶ
　　　　　　おれ

宇宙がおれのしっぽである
　　　　　　　おれ

　　　　８．５４　エイリアン大襲撃
　　　　９．００　金曜ロードショー「宇宙戦争」

　　　　　　人類滅亡か？
　　　　　　　　　　ノーカット地上波初

戦いが終り

アマテラスのふところに舞いもどった
　　　　　　　　　　　　　このおれ‼

おお
ほほえみにみちる空のかぎり！

おお

アマテラスよ！

　　　ねむる

　　　　　おれのしっぽ
　　　　　　　　　おれ

　　　ねむる

　　　　　おれのふるさと
　　　　　　　　　おれ

　　　ねむる

　　　　　おれの墓場
　　　　　　　　　おれ

アマテラスよ

アマテラスよ

＊「絶滅危惧種のテングザルの一般公開が、よこはま動物園ズーラシアではじまる。....インドネシアのスラバヤ動植物園生まれで、両国の飼育技術交流事業の一環として来園した。....」（2009年5月24日　毎日新聞）　狭い檻にとじこめられた子ザルたちの写真がのっている。まことに不愉快だ。

　　［ノート］

　　"LAND BELOW THE WIND"：　　Agnes Keith 著。もと、タイフーン・ベルトの南の地をさす船員用語。北ボルネオ、現在のマレーシア・サバ州をさす。1939 年ロンドン初版。

　　白いサル：　『唐宋伝奇集』より。

　　「死の行進」：　1945年、サンダカン捕虜収容所のオーストラリア・イギリス軍兵士捕虜が、260ｋm西のラナウに3回にわたって移動させられ、その過程で、脱走者6名以外は、飢餓と日本軍による虐殺で2500名全員が死亡した。

　　サンダカン八番娼館：　『サンダカン八番娼館』（山崎朋子著）より。

　　コンプレックス：　テングザルの胃は 'complex stomach' と言われる。

　　ガルガンチュア：　フランソワ・ラブレー『ガルガンチュア物語』「大きな喉」「大食漢」の意。

短詩篇

ゴミを盗んだ夢

まっぴるま

人だかりがして　祭りの日

他人の家にハシゴをかけ

窓を破り

屋根裏にしのびこんだ

ゴミがあふれかえってる

ゆうぐれ

盗んだゴミを返しに行った

人影はなく　家々も

ひっそり眠ってた

ゴミを持ってぼんやりしてたら

見知らぬ男が寄ってきて言った

―ひさしぶりだな

まよなか

眼をさました　道ばたに

投げだされたゴミたち

バナナの皮　割れた茶碗　空きビン

よごれたシャツ　モモヒキ

髪の毛　菜っ葉　サンマの骨

メクソハナクソ

着古した一枚のシャツがのこされた

青いメリヤスの胸に

白い文字が浮かびあがる

Prose　Bane

「散文的な破滅」

でなければ

「平凡な死」

ふん　「つまんない死」を着て歩きまわったもんだ

"散文を殺すには　「ウタイラズ」をどうぞ！"

INTERNATIONAL　と

襟の縫い取り　PASSAGE　をつなぐと—

くにを出てふらふら放浪したあげくの

「ありふれた末路」

でなければ

「ここにもユキダオレ」

でなければ

「くそおもしろくもないノタレ死ニ」

「たいくつな悲嘆」

のすえ

「詩の毒」

にふれ

　　［ノート］

　　「ウタイラズ」：　ネコイラズ　は 'ratsbane'。

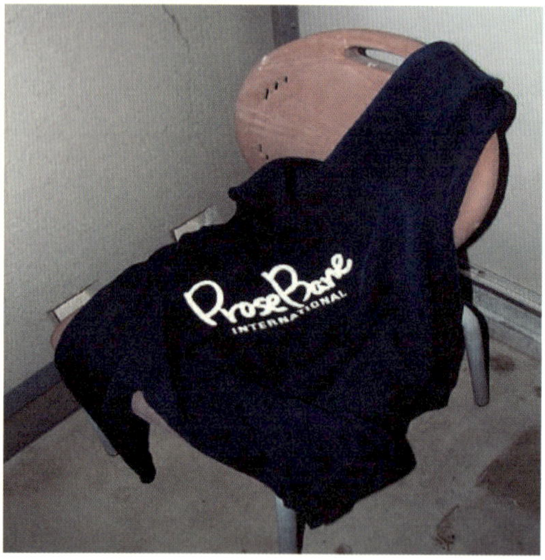
INTERNATIONAL

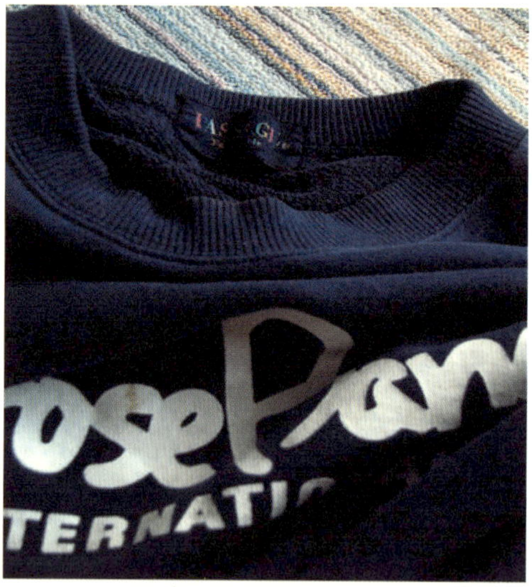

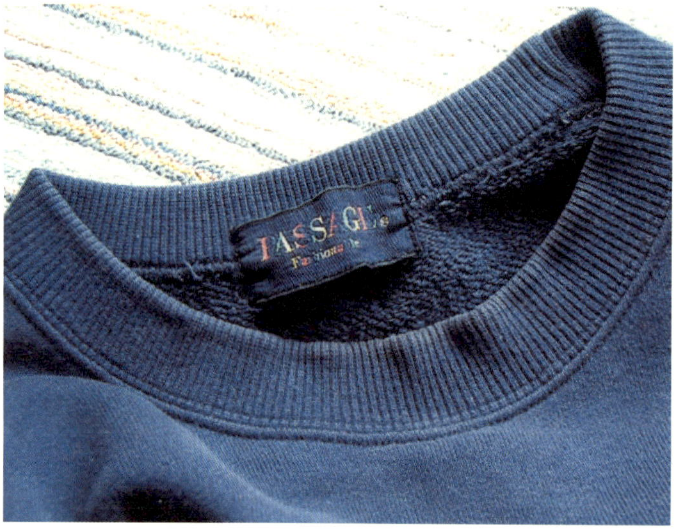

あんふぁん　てりぶる

難産ダッタ

　　胎内デ

　　　　傍観者ニナッタ

　　　　　　　流レ落チテ

　　　　　　　　流民ニナッタ

チンポコヲダシテ

オシャブリヲクワエテル

オレ

ハ

メンコイ！

　　　オレ

　　　　駄菓子屋ニナッタ

　　　　　　ソレカラ

　　オレ

　　　　　　　オモチャ屋ニナッタ

　オレ

　　　ウシワカマル
　　　　　　　ニナッテ

　ヨシツネ
　　　　ニナッテ

　　　　　　ヤマセニナリ

　　　　　　　　　　炎ニナッテ

　　　　　　　　　　　　　　夜ガ焦ゲタ

　　　　　　　　　　　　　　　　　ソレカラ

　月　ニナリ

　　　　波　ニナッテ

　　　　　　　　国境ノ町ヘ行ッタ

　　　　　　　　　　　　　ソレカラ

　星ニナッテ

　　　　凍エタ夜ヲ照ラシ

♪ソリノスズサエサビシクヒビク...

　　　　夕暮レ

　　　　　　酔イドレ女ニナッテ

　　　　　　　　　　闇ヲノゾイタ

　　　　　狂人ニナッテ

　　　　　　　　ギイギイ薪ヲ挽イタ

　　　　　　　　　　　　ソレカラ

オレ

　　　　　ジンギスカン
　　　　　　　　　ニナッタ

　　　　　　　　　　　十二年ノ生涯

　　　　　　　　　　　　　　ヲ　生キ

［ノート］

あんふぁん　てりぶる：　"enfant terrible"　末恐ろしい子供。

ヤマセ：　山を越して吹く風。冷たい北東風。

Enfant Terrible

It was a hard birth

    Within the womb

        Became an onlooker

            Slid down and out

                Became a rover

With my pecker out

Pacifier in my mouth

I

Am

A real cutie!

        I

        Became a cheap candy store

                And then

        I

Became a toy shop

I

Became
Ushiwakamaru

And
Yoshitsune

A yamase

A flame

That scorched the night

And then

Became the moon

A wave

Went to a border town

After that

Became a star

Lit the numbed night

"*Even the sleigh-bells sounding sad...* "

Evening

    Became a drunken woman

        Peered into the darkness

Became a madman

    Sawed firewood with a wheezing blade

        After that

I

  Became
    Genghis Khan

      Lived out

        My 12-year life

[Notes]

Ushiwakamaru: youthful name of Minamoto Yoshitsune,
              the ill-fated younger brother of the founder
              of the Kamakura shogunate

Yamase: a cold northeasterly wind blowing down from
        the mountains

"Even the sleigh-bells...": from "Kokkyo no Machi"
                            ("Border Town"), 1934

エコロジストの一日

　　<u>サンクチュアリ</u>　にいる

ここは聖域である

動物の保護区でもある

辞書にそう書いてある

　　　檻の中で

　　　　　埃だらけの祭壇を

　　　　　　　　ゴキブリが走りまわる

　　　　　はなみずたれながすブタ

　　　　　　くしゃみするトリたちのにごった眼

　　　　うなだれる使徒の魚くさい吐息

サンクチュアリ　を出て

　　　夜が

　　　汚物を吐きちらす

星のやぶにらみ　　ゆがむ月

　　　宙をおよぐネオンのむなしい怒号

　　　　闇をさまよう

　　　　　　　トヨタたち
　　　　　　　　　　　　燃えつき

わたしはエコロジストである

環境保全運動家でもある

辞書にそう書いてある

ゴミはゴミを棄てない！

　　［ノート］

　　サンクチュアリ：　sanctuary

　　エコロジスト：　ecologist

The Ecologist's Day

In a sanctuary

A sacred precinct

Also an animal preserve

That's what the dictionary says

    In a cage

        Roaches scramble around

            A grimy altar

      Pigs with sniveling snouts

         Clouded eyes of sneezing birds

      Fish-foul breath of disciples hanging their heads

Out of the sanctuary

    The night

    Spewing filth all over

                    Squint of the stars   Warped moon

             Useless howl of neon swimming in mid-air

                    Toyotas

                       Wandering in the blackness

                                            Burning up

I am an ecologist

Also an environmental activist

That's what it says in the dictionary

Garbage does not throw out garbage!

尼寺へ行キヤレ

ちょっとした美女がいた

とは言った

ネズミをネコだと言ったおぼえはない

棄てられた　とか

軒下でしみじみ泣いた　とか

くらがりでゴキブリを食った　とか

脚のきれいな影にじゃれついた　とか

むかしのことも言った

いまさら

ミス・コンテストでもあるまいし

すこしばかりおだてられて

ネコがトラになった　とか

<u>生キルベキカ　死スベキカ</u>　とか

ノロケがらみのくりごとは

むしろアワレをさそうだけだ

尼寺へ行キャレ！

［ノート］

生キルベキカ　死スベキカ：　シェークスピア「ハムレット」より。

尼寺へ行キャレ：　同上。

夢のユメ

夢を記述する自動装置が

      ナイ！
          とは
            なさけない

  （アキハバラにも　ナイ！）

絶海の孤島の

  わたしの礼拝堂の大壁に

  わたしの夢を画くわたしのユメ

  （夢のコピー機が欲しい）

  山道を歩いて

    大きな穴に落ちた

  それからどうなったか

　　　　　　　思いだせない夢
　　　　　　　　　　　　　　とか

キーのないポンコツ車を拾った

　　　　　　棄てるに棄てられない

　　しかたないから

　　　　　　アパートの廊下におきっぱなし
　　　　　　　　　　　　　　　　　　とか

こんやパーティーに出かけよう

　　　　　　服はなにを着よう？

　　　　　　　　　　ネクタイはどれ？

　　　　　迷いまよって

　　　　　　　　　　　朝になった夢
　　　　　　　　　　　　　　　　とか

どこへ行けばいいんだ！　と怒鳴ってる

　　　　旅先で
　　　　　子どもたちとはぐれたらしい

　　　　男が

　　　　　　わたしの知らないことばで

　　　　　　　　　　　　　　　　なにか言っている...
　　　　　　　　　　　　　　　　　　　　　　　　　とか

わたしの夢はいつも闇に消える

わたしの夢は
　　　　　認知症である

わたしの「福音」をコピーして

　　　　　（福音書というコピー集が　ミケランジェロにはあった）

　　　　わたしの「受難」と「復活」を画く

　　　このことこそが
　　　　　　　　わたしのユメ

わたしは

夢の使徒である

The Dream of Dreams

A device for automatic description of dreams

                Does Not Exist!

                          Ah,

                                  Pathetic

    (Not even in Akihabara!)

A lone isle in a far-away sea

      On the big walls of my chapel

      My dreams painted by my dream

      (Ought to be a dream copy machine)

I was on a trail in the mountains

            Fell into a deep pit

    Couldn't remember

What happened next

                                        Or

I got a jalopy without the keys

                    Couldn't get rid of it

    Did the only thing I could

        Just let it sit in the apartment hallway

                                                Or

I'm going to go to a party tonight

      What should I wear?

              Which necktie?

      While dawdling in indecision

                        Morning came

                                    Or

"Where in the hell did they go!" I yelled

    On a trip

      Seemed to have gotten separated from the kids

A man

      is saying something

            in a language I don't know

My dreams always disappear in the dark

My dreams
      are "senile dementia"

To copy out my gospel

    (Michelangelo had a copy of the Gospels)

To paint my Passion and my Resurrection

      This

          is my real dream

I am

An apostle of dreams

テンノーノコト

　　　　　　　テンノー　ハ　センソーガソダテルモン　デアル

　　　　　　　ヘイセイ　ハ　シゴノオクリナ　デアル

タニンノヨーナキガシナイ

♪コータイシサマーオウマレナーッタ
　　　　　　　　　　　ト　ウタッタ
　　　　　　　　　　　　　　ノハ

　　　　イツダッタカ？

「セイコンノギ」
　　　　　　ヲ　ミヨウト

　　　テレビ　ヲ　カッタノハ

　　　　　　　イツダッタカ？

ソノテレビデ　キノウ
　　　　　　カナダ カラ

ミチコサン　ガ　コモリウタ

　　　　　　　　　　　ウタッタヨ

　　　　トテモキレイナ

　　　　　　　　ヤサシイ

　　　　　　　　　　　　ウタゴエダヨ

　　　　　　（シンダ　オレノニョウボ　ト

　　　　　　　　　　　　　　　　ドーソー

　　　　　　　　　　　　　　　　　　　ダゼ）

　　　　　　（ドーダ　オドロイタカ！）

テンノーハ　タイヘンダ

　　　イソガシイ

　　　イソガシクテモ

　　　　　　　　イヤナカオシナイデ　ハタライテル

　　　　　エライ！

　　　　オタガイ
　　　　　　センソーデクロウシタ
　　　　　　　　　　　　　ナカ　ダ

　　　　　　　"セイジツナ"パートナー　ニ
　　　　　　　　　　　　　　　　チガイナイ

　　　　サイパンニイッタラシイケド

　　　　　　　バンザイクリフ　デ

　　　　　　　　　　　　　「テンノー　ト　センソー」
　　　　　　　　　　　　　　　　　　　　ミタダロカ？
　　　　　アレカラ
　　　　　　　　ウソツキノヘイワガキテ

　　　　　　　　　　　　コノヨハセンソーツヅキ

　　　　サイパンノコトハ

　　　　　　　　ダイバータチニマカセ

　　　テンノー　ニハ
　　　　　　ヨツギノシゴトガノコッテル

オレ
　　　テンノーセイ　ハンタイ‼

　　　　ムカシムカシ

　　　　　　テンノートヨバレタオトコガイタ
　　　　　　　　　　　　　　　　　　ト

［ノート］

セイコンノギ：　成婚の儀。天皇家の結婚行事。

バンザイクリフ：　太平洋戦争末期、サイパン島で、追いつめられた日本軍兵士が
　　　　　　　　「天皇陛下万歳」と叫んで、崖から海に身を投じた。
　　　　　　　　なお、皇后美智子の次の一首は、岩崎航一氏のご教示による。
　　　　　　　　「いまはとて島果ての崖踏みけりしをみなの足裏思へばかなし」
　　　　　　　　（Wikipedia）

わたしの年譜(略)

1923年　　ヴィーナスと胎内に宿った

1924年　　金曜日に生まれた
　〃　　　明けの明星が東の空にかかっていた

1925年　　流浪の旅に出た

1945年　　皇帝の招宴を断った

1950年　　追放

1970年　　頭を垂れて故郷を思った

1991年　　月と酒を飲んだ

2009年　　白髪茫茫

2011年　　　海から月を奪え！

　〃　　　　宵の明星は波間をただよい

2012年　　　月が砕け散った

　〃　　　　ヴィーナスが泡に消えた

　　［ノート］

　　ヴィーナス：　美と愛の女神。金星、明星、太白星。金曜日。

　　皇帝：　唐の玄宗。「長安市上酒家に眠る。天子呼び来たれども船に上らず、
　　　　　　自ら称す臣は是れ酒中の仙」（杜甫）

　　追放：　宦官高力士らの讒言による。

　　頭を垂れて故郷を思った：「静夜思」

　　月と酒を飲んだ：「月下独酌」

　　白髪茫茫：「白髪三千丈　愁に縁りてかくのごとく長し」

　　海から月を奪え！：　捉月伝説。

My Chronology (abridged)

1923   - Lodged in the womb with <u>Venus</u>

1924   - Born on Friday

       - The morning star hung in the eastern sky

1925   - Off on a rambling journey

1945   - Refused the <u>emperor</u>'s invitation

1950   - <u>Banished</u>

1970   - <u>Hung my head</u> and thought of home

1991   - <u>Drank wine</u> with the moon

2009   - <u>Grey locks</u> left to grow

2011 - <u>Snatch</u> the moon out of the sea!

      - The evening star bobs on the waves

2012 - The moon smashed and scattered

      - Venus disappeared beneath foam

[Notes]

   Venus: Aphrodite, Morning star (Phosphor, Lucifer),
          Evening star (Hesperus, Vesper), Taibaixing, Friday

   Emperor: Xuanzong, Tang dynasty;
             "Asleep at a tavern in Changan. Refused to board
             the boat even at the Emperor's summons,
             proclaiming 'This imperial subject
             is a wine-cup wizard!'" (Du Fu)

   Banished: after being slandered by the court eunuch
             Gao Lishi and others

   Hung my head: "Quiet Night Thoughts"

   Drank wine...: "Drinking Alone by Moonlight"

   Grey locks: "Hoary hair, 3,000 yards/Grown this long by
               grief"

   Snatch...!: death legend

島影（しまかげ）I

　　ココハ　流刑地デアル

　　流刑地ハ　島ニキマッテル

　　　　　トコロガ　ココハ島デナイ

　　　　　島デナイノニ

　　　　　　　　島流シニナッテル

　　ココハ

　　椿咲く流刑地　伊豆ノ大島デアル

　　　　オレ　役ノ行者デアル

　　　　　　　くさやノ干物ヲ食ライ

　　　　　三原山ノ御神火ヲカシコミ

　　　　黒潮ノホトリ

　　　　　　　フージン洞ノクラガリニ眠ル

オレ　夜ナ夜ナ
　　　　　島抜ケヲスル

　　　　　雲ニ乗ッテ天ヲ駆ケ
　　　　　　　　鉄ノ高下駄デフジ山ニ登ル

　　　　　トキニ
　　　　　　　遠ク北ノ星タチト遊ブ

ココハ

韃靼海ニノゾム流刑地　サハリン島デアル

　　　オレ　島デ育ッタ

　　　　　　　生マレナガラノ流人デアル

　　　ユウグレ

　　　　　鼻メガネノ<u>アントン</u>ガヤッテキテ

　　　　ムカシバナシニハナガサク

　　　　　　故郷<u>トマリ</u>ノニシン漁

　　　　　吹雪く<u>ホルムスク</u>ノ港ヲノゾム

　　　　　　　　　海岸段丘ノツラナリ

　　　　　オモイデハツキルコトガナイ

　ココハ　流刑地デアル

　流刑地ハ　島ニキマッテル

トコロガ　ココハ島デナイ

　　島デナイノニ

　　　　島流シニナッテル

　［ノート］

役（エン）ノ行者：　文武3年（６９９年）伊豆大島に流された。修験道の開祖。『続
　　　　　　　　　日本紀』『日本霊異記』『扶桑略記』

フージン洞：　風塵洞。風神洞。

島抜ケ：　島流しの罪人が、その島をひそかに抜け出ること。（広辞苑）

韃靼海：　間宮海峡の旧称。（広辞苑）

アントン：　アントン・チェーホフ。作家。医師。１８９０年、モスクワからシベリ
　　　　　　ア経由でサハリン島に渡り、流刑囚の調査にあたった。『サハリン島』

トマリ：　旧樺太泊居（トマリオル）町。

ホルムスク：　旧樺太真岡（マオカ）町。

Island-Shadow I

This is a place of exile

Places of exile are bound to be islands

    But this place is not an island

        It's not an island

                Yet I'm in exile

This is

    Izu Oshima   a place of exile where camellias bloom

I am <u>En-no-Gyoja</u>

        Eat stinking sun-dried fish

Revere the holy fire on Mount Mihara

Sleep in the darkness of Fujindo

Beside the Black Current

Every single night I

Slip out of the island

Mount a cloud and soar across the sky

Climb Mount Fuji in tall clogs of iron

Sometimes

I play with the far-away stars to the north

This is

The island of Sakhalin, a place of exile

on the Sea of the Tartars

I was brought up on an island

A natural-born rover

Twilight

　　Anton comes, wearing his pince-nez

　We have a ball talking about old times

　　　The herring season in Tomari, my old home town

　　The stretch of marine terrace

　　　Overlooking the port of blizzard-beaten Kholmsk

　　The memories just keep coming

This is a place of exile

Places of exile are bound to be islands

      But this place is not an island

          It's not an island

                    Yet I'm in exile

[Notes]

En-no-Gyoja: ascetic exiled to Izu Oshima in 699; originator of Shugendo, a sect of Buddhism strongly colored by the mountain worship native to Japan; "Shoku Nihongi", "Nihonryoiki", "Fuso Ryakuki"

Fujindo: Cave of Mundus, Cave of Aeolus

Sea of the Tartars: Tatarskii Proliv, the strait between Primorski and Sakhalin, called "Mamiya Kaikyo" in Japan

Anton: Anton Chekhov, author and physician; he journeyed across Siberia to Sakhalin from Moscow in 1890 to survey conditions in the penal colony there; "Ostrov Sakhalin" ("Sakhalin Island")

Tomari: the town of Tomarioru in the former Karafuto

Kholmsk: the town of Maoka in the former Karafuto

島影 (しまかげ) II

島影を生きている

島は存在しない

　　　アルゲーロの港に
　　　　　　　　太陽が落ちてゆく

怖がることはない

影に逃げこんだわたしを

　　　　　だれも捕えることができない

　　　会堂を埋めつくしている
　　　　　　　　　喪服の女たちは

　　　わたしに気づいている

怖がることはない

わたしは影であるから

　　　　オルゴーソロの坂道を

　　　　　　　　　老婆が登って行く

　　　　　　　　　　　　　水甕を頭に載せ

　　　　　そう　この世

　　　　　　　　昼があり　夜がある

　　　愉しもうぜ

　　　　　アトランティスの一夜

わたしは

　　　「島を愛した男」である

わたしを

　　　　潮が流れている

　［ノート］

　アルゲーロ：　サルデーニャ島西北岸の港町。

　オルゴーソロ：　サルデーニャ島内陸部の村。

　アトランティス：　伝説上の楽土。ジブラルタル海峡の外側にあったが、神罰により
　　　　　　　　　一日一夜のうちに海底に没したという。(広辞苑)
　　　　　　　　　プラトン『クリティアス』

　「島を愛した男」：　D.H.LAWRENCE　"The Man Who Loved Islands"

Island-Shadow II

Living the island-shadow

The island does not exist

    The sun sinks

        In the port of Alghero

Nothing to be afraid of

I've fled into a shadow

    No one can capture me

    The women in mourning dress

        Filling the chapel

    They notice me

Nothing to be afraid of

After all I'm a shadow

    An old woman climbs

        The path up the hill at <u>Orgosolo</u>

            A water jug on her head

    Right - in this world

      There is day   there is night

  Enjoy!

    A night in <u>Atlantis</u>

I am

  "<u>The Man</u> Who Loved Islands"

The currents

       Flow inside me

[Notes]

Alghero: a port-town on the northwestern coast of Sardinia

Orgosolo: a village in the interior of Sardinia

Atlantis: A legendary paradise supposed to be located outside the Strait of Gibraltar. As a result of divine punishment, it sank to the bottom of the sea in one day and one night. ("Kojien"; Plato, "Critias")

"The Man...": D.H. Lawrence

島影（しまかげ）Ⅲ　—キタマエブネナ日々

旅立った

　　　わたしは
　　　　　どこにもいない

　　　　　ここは旅先である

　　　帆を立てて仲通りをゆくわたし　　２４歳

　　　　　　　（きのう　チェーホフがサハリンから

　　　　　　　　　ホンコン経由オデッサにもどっていった）

　　　（あれから…）

　　　戦争　また戦争

　　　　　　勝ったぜ　バルチック艦隊撃沈

　　　　　行こうぜ
　　　　　　　テッポー持って
　　　　　　　　　かの島へ

暴走するキタマエブネ

　　　　　　琵琶かき鳴らす弁天さん

　　　　　　つむじ風ひっつかみ

　　　　　　（江ノ島はもう見えない）

　　　　　　　　　南へ　西へ

　　　　　　　　右往左往するインフルエンザ

　　　　　　　　　　　　　　（ブタめ！）

　　　　日本海　荒れて

　　　　　　吹きすさぶ不況の風

バナナ投げ売り

ケンタッキー投げ売り

　　　　トラットリア『青の洞窟』
　　　　　　　　　　店じまい？

サッポロラーメンを食い

キリタンポを食い

　　　　　戦争　また戦争

　　　　　　　　勝ったぜ　南京大虐殺　真珠湾

ほほう！？

敗走するキタマエブネ

　　　　方角を見失い
　　　　　　　　あわてふためく三角波

　　　　死をはらむ風

　　　　　　　うなだれる帆

　　　島影に佇む
　　　　　　わたしは難破船である

　　　　　　　（あれは　シチリア）

クロマグロを食い

　　ボッタルガを食い

　　　　　　ティレーニアの海　荒れて

迷走するキタマエブネ

　　　　　　　　　カシオ川？　ノオ！　テベレ川

　　　　　　　　　　　　　　　　のほとり

　　　　　　　　　　　　宙をさまよう　シエスタの夢

　　津軽ジョンガラ節をうたい

　　江差追分をうたい

　　　　　　おお　オホーツクのたそがれよ

　　　　　　マミヤ海峡の落日よ

　　　　　　　　　（破れた帆を繕うわたしの影）

あらしだ

　　　アルバーノの丘でゆきだおれ

ネミ湖　けむり

　　　　　２千年

　　　　　　　　湖底に埋もれて眠るわたし

　　　涙ぐむ

　　　　　　フラスカーティの酒ぐら

　　　テベレ川？　ノオ！　カシオ川

　　　　　　　　　のほとり

　　　　　トスカの悲鳴がきこえてくるころあい

ローマからメールがとどいた：

　　旅行は、とりやめにしたほうがよいと思います。ラツィオとカンパーニャ地方、それにマルケも、インフルエンザが蔓延し、病院はどこも患者でいっぱいだとテレビが言っています。新型ワクチンの接種は、若者や重症の患者にしか行きわたらないようです。そのうち、旅行に快適な日がくるでしょう。チャオ！

深夜

　モノレール終着駅

　　　　　エゾ地に流れ着いたわたし　　１３６歳

　観音さんがほほえんでいる

［ノート］

キタマエブネ： 北前船。中世末から明治前期まで日本海海運に用いた廻船の上方での呼び名。

チェーホフ： アントン・チェーホフ『サハリン島』

バルチック艦隊撃沈： 日露戦争の日本海海戦。

弁天さん： 弁財天。北前船は弁財船型。

ボッタルガ： からすみ

カシオ川： 柏尾川。東海道線大船駅付近を流れる川。

テベレ川： ローマ市街を流れる川。

シエスタ： 昼寝。

アルバーノの丘： ローマ近郊の丘陵。アルバーノ湖とネミ湖を囲む風光明媚の地。

湖底に埋もれて： １９２９－３１年、ローマ皇帝カリギュラによって建造された二隻の船がネミ湖から引き上げられた。

フラスカーティ： 庭園と白ワインで有名。

トスカ： 歌劇。プッチーニ作曲。

観音さん： 大船駅近くの高台にある観音像。

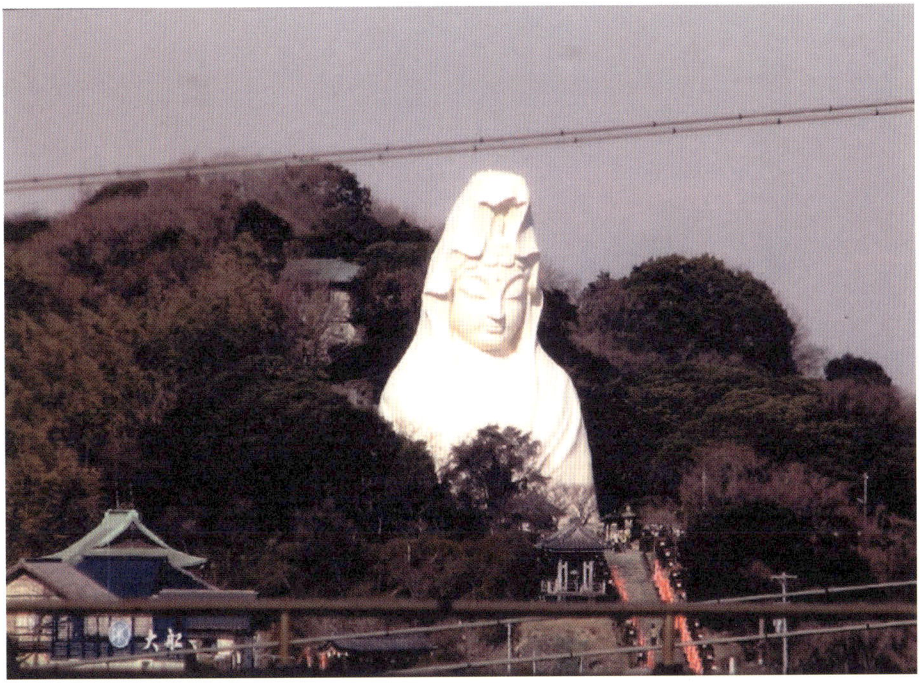

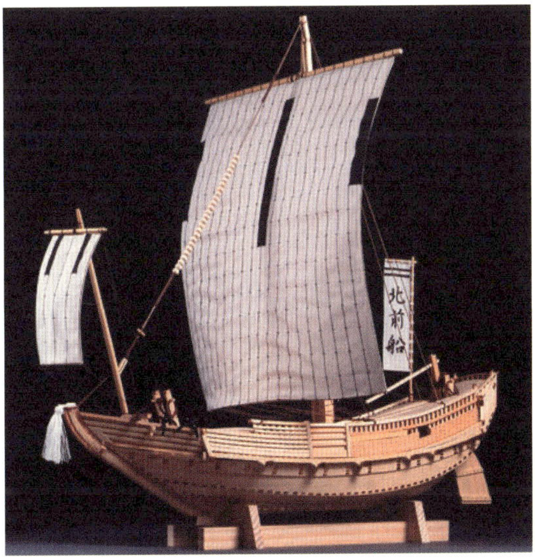
北前船

Island-Shadow III ——Kitamae-bune Days

Off on a journey

       I am

             Nowhere

           "Here" is a destination

Spreading my sail and sailing down main street   24 years old

            (Yesterday, Chekhov returned from Sakhalin

                    To Odessa via Hong Kong)

      (Since then...)

       War   War again

            We won! Sank the Baltic Fleet

           Let's go

               Toting a gun

                  To yonder island

Out-of-control kitamae-bune

        <u>Benten</u> strumming a biwa

           Grabbing a whirlwind

              (<u>Enoshima</u> no longer to be seen)

                Southward   Westward

            Influenza breaking out here and there

(Swine!)

        Sea of Japan   raging

                Wild winds of recession

Bananas sold at a loss

Kentucky sold at a loss

Trattoria "Blue Grotto"
                Out of business?

Ate <u>Sapporo ramen</u>

          Ate <u>kiritanpo</u>

                War   War again

                        We won!   Rape of Nanking   Pearl Harbor

What's this!?

Kitamae-bune put to rout

            Lost its bearings

                        Panicking triangular waves

            Winds bearing death

                                Drooping sail

        Loitering in the island-shadow
                                I am a wrecked ship

                            (Over there   Sicily)

96

Ate bluefin tuna

Ate bottarga

       The Tyrrhenian Sea   raging

Meandering kitamae-bune

       On the bank

             Kashio River? No! Tiber River

           Wandering in mid-air   Siesta dream

Sang a Tsugaru jongara-bushi

Sang an Esashi oiwake

   O! Okhotsk twilight

     Setting sun on the Mamiya Strait

                        (My shadow mending the torn sail)

Storm brewing

            Dropping dead in the Albano Hills

        Lake Nemi   dimly

                        Two thousand years

                        I sleep buried under the lake bottom

                Moved to tears

                                Frascati wine cellar

        On the bank

                        Tiber River? No! Kashio River

                        Around the time I heard the screams of Tosca

E-mail arrived from Rome:

    I think you'd better cancel your trip. Influenza is rampant in Lazio, Campania, and even Marche. The TV says all the hospitals are filled with patients. Inoculation with the new vaccine is being confined to youth and people with serious conditions. I'm sure more pleasant days for a trip will be coming before too long. Ciao!

Late at night

        Monorail Termini Station

                I drifted ashore at <u>Ezo</u>   136 years old

    The <u>Kannon</u> is smiling

              Again today

[Notes]

Kitamae-bune: Ships that operated along the Japanese coast of the Sea of Japan in the Edo and early modern periods

Chekov: "Ostrov Sakhalin" ("Sakhalin Island")

Baltic Fleet: In the Battle of Tsushima in the Russo-Japanese War

Benten: Benzaiten, Sarasvati, the Mahayana goddess of art and music; kitamae-bune were called "benzai"-type ships because they resembled depictions of the vessel carrying Sarasvati and the other six gods of good fortune.

Enoshima: A small island in Sagami Bay at Fujisawa; on it is a small shrine to Benzaiten.

Sapporo ramen: Chinese-style noodle soup made in a style that originated in Sapporo, Hokkaido

Kiritanpo: A food native to Akita prefecture, made by smearing mashed boiled rice on a round wooden skewer and roasting it over a fire

Bottarga: Mullet roe

Kashio River: Flowing through the Ofuna district of Kamakura

Tsugaru jongara-bushi: A folk song from Aomori prefecture

Esashi oiwake: A folk song with bamboo flute accompaniment from the Esashi district of Hokkaido

Mamiya Strait: Tartarskii Prolive, the strait between Sakhalin and Primorski

Albano Hills: A scenic district outside Rome containing lakes Albano and Nemi

under the lake bottom: Over the years 1929 - 1931, two ancient Roman ships built at the behest of Emperor Caligula were raised from the bottom of Lake Nemi.

Frascati: Famed for its garden and white wine

Tosca: The opera by Puccini

Ezo: An old name for Hokkaido

Kannon: Avalokitsevara, the Mahayana goddess of mercy; a huge statue of her is perched on a hill overlooking Ofuna.

ホタル

ヒカリ　ヲ　イキル

ヒカッテ　スグ　キエル

　　　　ヘイケボタル　デアル

　　　　ウキヨ　デアル

ヒカリ　ガ　トブ

　　　　　ヤミ　ヲ　オヨギ

　　　　　　　　　　キエル

　　　　　ワタシ　ハ　ドコカ？

　　　　（タダハルノヨノユメノゴトシ）

クサムラ　ノ　ヤミ　ヲ

　　　　　　　　　マイアガリ

　　　　　　　　　　　　<u>ヤト</u>　ノ　ヤミ　ニ

　　　　　　　　　　　　　　　　　キエル

　ワタシ　ハ　ヒカリ　デアル

　　　　　　　　（ミズ　ガ　ナガレテイル）

　ココ　ハ　ドークツ　デアル

　　　カリノヨ　ヲ　イキル

　ワタシ　ハ　《ドークツ　ノ　イドラ》　デアル

　　　　　　ヒカリ　ハ　カゲ　デアル

　　　　　（ナンド　イウノカ）

　　コノヨ　ハ　アノヨ　デアル

　　［ノート］

　　タダハルノヨノユメノゴトシ：『平家物語』

　　ヤト：　谷戸。谷間の湿地。

　　《ドークツ　ノ　イドラ》：「洞窟のイドラ」　イドラは偶像。
　　　　　　　　　　　　　　　ベーコン『新オルガノン』　プラトン『国家篇』

Firefly

Living the light

Lighting up and soon going out

            Heike firefly

                Floating world

Light flying

      Swimming through the darkness

                  Going out

      Where am I?

      (<u>Like a dream</u> dreamt in spring - nothing more)

            In the black of the bushes

                              Fluttering up

                                        In the black of the "yato"

                                                      Disappearing

I am a light

                  (Water flowing)

This is a cave

         Living the passing world

I am an "Idol of the Cave"

Light is shadow

(How many times have I said it?)

This world is that world

[Notes]

　　Like a dream...: "Heike Monogatari"
　　　　　　　　　　("The Tale of the Taira Clan")

　　"yato": marshy land at the bottom of a ravine

　　"Idol of the Cave": Francis Bacon, "Novum Organum";
　　　　　　　　　　　Plato, "The Republic"

飢えよ！　アメツチと

<u>ヒツジのアタマ</u>は食ったことがない

イヌのニクは食わない

　　（なにも食わない　と言ったおぼえはない）

マグロのトロは食った

イワシのシッポも食った

いま

　　なにも食うな

　　飢えよ！

　　　　そして　瞑想せよ!!

　　　　　　　―迷鏡死水

飢えよ！

　　　　そして　眠れ!!

　　　　　　　　―このアメツチ　と

(冷蔵庫はからっぽ)

残んの月　消えて

ヤマザクラ　なにくわぬかお

［ノート］

ヒツジのアタマ…イヌのニク：　羊頭狗肉。

迷鏡死水：　明鏡止水。

わたしのハカ

<u>ハカ</u>だ

　　　　　　　　　"コレガ死ダ！　死ダ！"

まだ　死んじゃいないよ

　　　　　　　　　"コレガ生ダ！　生ダ！"

生きてる　ってば

　　　　　　　　　"コレコソ死ダ！　死ダ！"

　　　　　　　　　"コレコソ生ダ！　生ダ！"

半死半生？

　　　　　　　　　"コノ屈強ノ男コソ

　　　　　　太陽ヲヒッサライ　光リ輝カセタカノ男！"

むかしばなしはよしてくれ

　　　　　　　　　"太陽ガ昇ル　ソシテ沈ム

　　　　　　マタ太陽ガ昇ル　ソシテマタ沈ム"

退屈な

　　　　　"見ヨ　太陽ガカガヤイテイル！"

くもり空だ

戦え！　って？

踊りかたのもんだいだろうさ

死者には死者の踊りがある

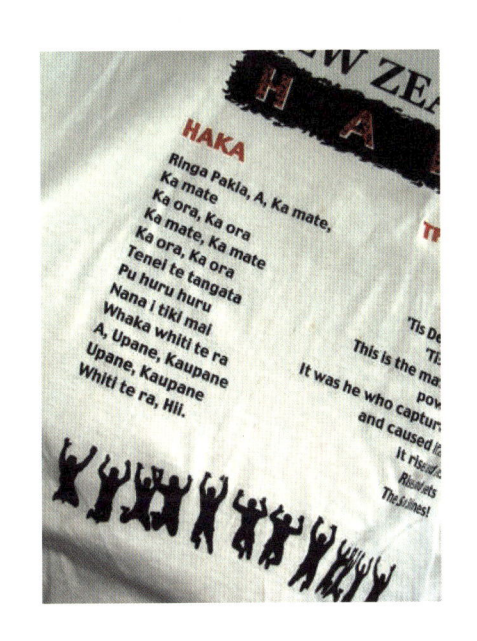

　［ノート］

　　ハカ：　ニュージーランドのマオリの民族舞踏。ラグビーチーム「オールブラックス」
　　　　　が試合前に行うことで有名。ＨＡＫＡ。

わが逃走

ニセのアマテラスを神棚に

　　　　　チクオンキで『運命』かき鳴らし

　　　錆びた日本刀ふりかざし
　　　　　　　　　　ふりまわし

　　やせっぽちのドイツ語教師の
　　　　　　　　　　かんだかい『わが闘争』
　　　　　　　　　　　　　　　　　　を

　　ドジめ！「わが逃走」と読みちがえた

あれから

　　　ゲットーに住みつき

　　『戦場のピアニスト』になり

　　　　　　　アウシュヴィッツ行きを免れ

まずしい「わが青春」まるごと

　　　　　　　　「わが運命」と化したらしい

菜っきり包丁でネギをきざむ

　　　　　「わが逃走」のどんづまり

　　　　　　　　　　　　きょうも

わが
　　　アマテラス
　　　　　　　　と

［ノート］

『運命』： ベートーヴェン『第五交響曲』

『わが闘争』： アドルフ・ヒトラー著。

ゲットー： ヨーロッパ諸都市で、ユダヤ人を隔離し居住させた区域。（広辞苑）

『戦場のピアニスト』： ２００２年カンヌ映画祭受賞作品。
　　　　　　　　　　　ロマン・ポランスキー監督。

アウシュヴィッツ： ポーランド南部の都市オシヴェンチムのドイツ語名。第二次大
　　　　　　　　　戦中、ナチス・ドイツの強制収容所がここに造られ、ユダヤ人
　　　　　　　　　など多数が虐殺された。（広辞苑）

My Flight

On a shelftop shrine to a fake Amaterasu

        He cranks out "Destiny" on the phonograph

    Raises a rusty Japanese sword over his head

               Brandishes it

My scrawny teacher of German and his

            High-pitched "My Fight"

    Damn! I mistook it for "My Flight"

After that

    I took up residence in a ghetto

    Became "The Pianist"

                    Avoided being sent to Auschwitz

The whole meager "My Youth"

                Seems to have turned into "My Destiny"

Chop onions with a kitchen knife

              The upshot of "My Flight"

                                    Again today

With my

            Amaterasu

[Notes]

  "Destiny": Beethoven's Fifth Symphony

  "My Fight": "Mein Kampf"

  "The Pianist": Title of the film directed by Roman Polanski

窓ノアル家

道バタノ

サイゴノ窓ヲ出タリ入ッタリスル

出口ハ入口デアル

    ヒル
        ヒトリデ眠ル

    ヨル
        旅人ガ一人窓カラ入ッテクル

        ナニモシャベラナイ旅ノ空

    アサ
        旅人ハ窓カラ出テユク

    ヒル
        ヒトリデ眠ル

　　　　ヨル
　　　　　　旅人タチガツギツギト窓カラ入ッテクル

窓ヲ閉メテ

空転スル旅

　　　　虚空ヲ漂イ

　　　　アサ
　　　　　　侵入者タチハツギツギト窓カラ出テユク

窓ヲ閉メテ

増殖スル旅

　　　　ヒル
　　　　　ヒトリデ眠ル

　　　　死ヲモテアソブ旅ノ夢

空転スル旅ガ旅人デアル窓

増殖スル旅ガ旅人デアル家

　　　　　　　ヨル

　　　　星空ヲ見上ゲテイル

　　　窓ノアル家

シは？　シと　　詩は死と

シ　はコトバでしょ

　　　　　墓までもってゆく

　　　コトバはフルサトでしょ

　　　　　　　フルサトはチ　血と地です

　　　　　　だから　シ　はさだめない

　　　　　　　　　　　さすらいのチ

　　　　風になったチ

　　　　　　　　雲である　シ

　　　　　　　　　　　　　雨と降る
　　　　　　　　　　　　　　シとシと　と

ゼニにならないから　シ　なんでさア

　　　　シジンよ

　　　むしろ葬儀屋になりたまえ

121

<u>「社会内存在」</u>として

　　　　　　　　　　　シニンより

煩悩（シ）　即　菩提（シ）

　シジン　のデスマスクだ

　　　　　　　大往生！
　　　　　　　　　　シニン　のかおしてる

　しょせん　シ　は　シ　ですよ

　　ほう　シ　が花をつけた

　　　　　　　（水をやったのは　いつだったっけ？）

［ノート］

「社会内存在」：　インタビュー「詩はどこへ行ったのか」
　　　　　　　　朝日新聞２００９年１１月２５日。

訳詩

2009年トリノ・ブックフェア作家賞受賞
詩集 "Ikebana" より

島　　　アダ・ドナーティ

あまく　かなしい　その島

もやる船影もなく

　　　　　空にかかる

　　　　　　　　　トゲのあるアザミの王冠

　　　　　　　　　未知の受難の紋様

ここもゴルゴタ

　　　　　だれのためでもない犠牲

　　　　　だれも聞かない祈りは

　　　　　　　　　流れる波のささやき

驚き悲しむ島

むきだしの地層の自尊

忘れられない主顕節の

　　　　消えることのない夢

醒めて...

［ノート］

　主顕節：　東方の三博士によって代表される異邦人に対して、キリストの顕現を祝う祝日。クリスマス後１２日にあたる（１月６日）。

Island   Ada Donati

The island, sweet and sorrowful

No cove for boats to moor

                                        A crown of thorny thistle

                                            Stabbing the sky

                                     Scars of an unknown passion

Here too Golgotha

                     A sacrifice for nothing

                     A litany heard by nobody

                                     Whispered by the running waves

Dismayed and troubled island

Bald pride of bedrock

An epiphany that never leaves the mind

                         A dream that never dissipates

Come the waking dawn

影　　　　　アダ・ドナーティ

風が　ひとしきり

枝葉をさわがせ
　　　　　　樹々を活きかえらせ

　　　　眼のまえの無言の壁で
　　　　　　　　　踊る影

　　　　　　レプリカのことづて

　　　　　　　　　　　くりかえされるざわめき
　　　　　　　　　　　　　　　　　　　を

だれが

　　このチャンス

　　　壁の上の影として

　　　　　　　反映にすぎないきみの生涯を生きたか？

ぼやけるニュアンス

　　　刻みつけられた文字の

　　　　あいまいな照りかえし

　　　おしだまる壁に

　［ノート］

　影：　OMBRA

Shadow   Ada Donati

A gust of wind

Stirs the branches and leaves

        Rouses the trees from their torpor

    And imprints on the wall before it

          A dancing shadow

    A replica, a message

          Of its motions.

Who

  Taking this one chance

  Lived your life - only a reflection

        Like that shadow on the wall?

Blurred nuance

Vaguely reflected light

Of letters riveted to

A deaf wall

[Notes]

Shadow: Ombra

影と影 アダ・ドナーティ

"過ぎてしまえば、失われたものはみんなおなじ"

一つの影を

もう一つの影につけ加えた

　　　二つの影を見分けられても

　　　影の重さは増えやしない

　　　　　まして　この白髪あたまは黒くならない

　　　　　（人の生涯は　そのときどきで重さが変る）

こんどは

　　　墓と　墓のふた　のように

　　　　　　　影に影をかさね合わせた

　　　　　時間が過ぎて

　　　　　　　　生気のないその手が伸び

　　　　　　　　　　　手は手とにぎりあい

　　　　　　　影は影と結ばれ

　　いつか

　　　　　塵になった

　　　　　　　　れんがに

［ノート］

影と影：　ＯＭＢＲＥ

" 過ぎてしまえば、..."：　"After a time, all losses are the same"

135

Shadow and shadow   Ada Donati

"After a time, all losses are the same"

I added one shadow

To another

    Even though two shadows can be distinguished

    There is no increase in the weight

Not to mention how this hoary head will never turn black again

        (In life, the weight can change with time)

Next

    I placed a shadow on a shadow

        One exactly over the other
                      Like a lid on a grave

A long stretch of time gone by

The lifeless hand swiftly reaching out

Hand and hand, holding each other

Shadow joined to shadow

Eventually

Becoming dust

A single brick

[Notes]

Shadow and Shadow: Ombre

からっぽの巣　　　　アダ・ドナーティ

からっぽの巣が

　　　枝のあいだに見える

一本のポプラの

　　　しらっちゃけた裸の枝で

　　　　　　葉っぱが一枚だけ

　　　　　　　　　　揺れて

　　　　　　風に吹かれて

　　　　　　　　　揺りかごのようだ

昔ばなしは

　　　だれも話さない

逃げだすだろうと

　　　　　　　だれもが思っていたから

　　いくつもの夏をむすぶ結びめに

　　　　　　くらい忍耐だけがのこされた

　　　　　　あれもこれも巡りあわせー

　　　　　　　　　とは　言い訳にすぎない

　　死んでしまったとは

　　　　　　　だれも言わないから

あとがき

　老年が詩になるか、ためしてみた。うすぐらい時間の堆積をながめていて、いつのまにか、からだのイタミとカユミが消えたところをみると、なんらかの効用はあったのかもしれない。
　が、かんじんの詩のほうは、いったいどうなったか？　ちなみに、『島影 Ⅲ』は、わたしじしんにわたしの父親のイメージをかさねた、たぶん失敗作である。あえてここに入れた。

中田敬二

島影(しまかげ)

著者
中田敬二

発行者
小田久郎

発行所
株式会社思潮社
162-0842 東京都新宿区市谷砂土原町 3-15
電話 03-3267-8153（営業）・8141（編集）
ファクス 03-3267-8142

印刷所
三報社印刷

製本所
川島製本所

発行日
2010年5月20日